JOURNAL DE BORD

d'un parfait dégonflé

DE JEFF KINNEY

TRADUIT DE L'ANGLAIS (ÉTATS-UNIS)
PAR NATALIE ZIMMERMANN

TA
PHOTO
ICI
↓

Seuil

Rejoins toi aussi la communauté des fans de Greg
sur www.journaldundegonfle.fr

Première publication en anglais en 2008 par Amulet Books,

une marque de Harry N. ABRAMS, Incorporated, New York

Titre original : The Wimpy Kid : Do-It-Yourself Book

(Tous droits réservés pour tous pays par Harry N. Abrams, Inc.)

Pour l'édition française, publiée avec l'autorisation de Harry N. Abrams, Inc.

© Éditions du Seuil, 2011

ISBN : 978-2-02-105909-0

N° 105909-1

Loi n° 49-956 du 16 juillet 1949 sur les publications destinées à la jeunesse.

CE LIVRE APPARTIENT À:

Agnès Deback

PRIÈRE DE LE RAPPORTER
À CETTE ADRESSE:

Montréal qc   10329
av-St-Charles

(PAS DE RÉCOMPENSE)

Qu'est-ce que tu vas faire de ça ?

Bon, c'est *ton* bouquin, alors, d'un point de vue technique, tu peux en faire ce que tu veux.

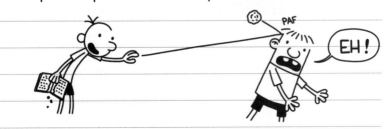

Mais si tu décides d'écrire quelque chose dedans, tu as intérêt à faire gaffe. Un jour, tu auras envie de montrer quel genre de gosse tu étais.

Quoi que tu fasses, n'écris surtout pas ce que tu ressens. Parce que, si une chose est sûre, c'est que ce n'est PAS un journal intime.

Ce que tu emporterais

Si tu devais passer le reste de ta vie seul et abandonné, qu'est-ce que tu voudrais avoir avec toi ?

Jeux vidéo
1. cell
2. ipod touch
3. mp3

Musique
1. one Direction
2. yustin biber
3. taylor swift

sur une ÎLE DÉSERTE

Livres

1. journal d'un dégonflé
2. léa olivier
3. grosse nouille

Films

1. journal d'un dégonflé
2. Barbies
3. one Direction

Ça t'est déjà

Ça t'est déjà arrivé d'avoir une coupe de cheveux tellement nulle que tu ne pouvais plus retourner en classe ?

OUI ☐   NON ☑

Ça t'est déjà arrivé de devoir mettre de la crème solaire à un vieux ?

OUI ☑   NON ☐

Ça t'est déjà arrivé de te faire mordre par un animal ?

OUI ☑
NON ☐

Par un humain ?

OUI ☑
NON ☐

Ça t'est déjà arrivé de faire des bulles, la bouche pleine de raisins secs ?

OUI ☐   NON ☑

arrivé de...

Ça t'est déjà arrivé de pisser dans une piscine ?

OUI ☐   NON ☑

Ça t'est déjà arrivé qu'un membre de ta famille de plus de 70 ans t'embrasse sur la bouche ?

OUI ☐   NON ☑

Ça t'est déjà arrivé d'être renvoyé chez toi par les parents d'un pote ?

OUI ☐   NON ☑

Ça t'est déjà arrivé de changer une couche ?

TU PEUX M'AIDER ?

OUI ☐   NON ☑

TEST DE PERSONNALITÉ

Quel est ton ANIMAL préféré ?

mes   soeur

Trouve QUATRE ADJECTIFS pour décrire

ce que tu aimes chez cet animal :

(PAR EXEMPLE : AFFECTUEUX, COOL, ETC.)

cool   différent

doux   Nice

Quelle est ta COULEUR préférée ?

mauve

Trouve QUATRE ADJECTIFS pour décrire

ce qui te plaît dans cette couleur :

belle   unique

simple   iremplacable

- -

Les adjectifs que tu as employés pour décrire ton ANIMAL préféré
correspondent à CE QUE TU PENSES DE TOI-MÊME.
Les adjectifs dont tu t'es servi pour décrire ta COULEUR préférée
correspondent à CE QUE LES GENS PENSENT DE TOI.

RÉPONDS AUX QUESTIONS ET PUIS RETOURNE
LE LIVRE POUR EN APPRENDRE PLUS SUR TOI-MÊME.

Quel est le titre du dernier LIVRE que tu as lu ?

journal d'un dégonflé

Donne QUATRE ADJECTIFS pour décrire
ce que tu as pensé de ce livre :

bon   *drôle*

simpatique   *amusant*

Comment s'appelle ton FILM préféré ?

journal d'un dégonflé

Donne QUATRE ADJECTIFS pour décrire
ce qui t'a plu dans ce film :

drôle   *différent*

bizar   *stupide*

- -

Les adjectifs que tu as choisis pour parler du dernier LIVRE que tu as lu
disent en fait CE QUE TU PENSES DE L'ÉCOLE.
Les adjectifs dont tu t'es servi au sujet de ton FILM préféré
annoncent CE QUE TU SERAS DANS TRENTE ANS.

Termine

Oh la vache, maman !

la BD

Oh la vache, maman !

 # Crée ta

propre BD

Qu'y a-t-il dans ton

CERVEAU?

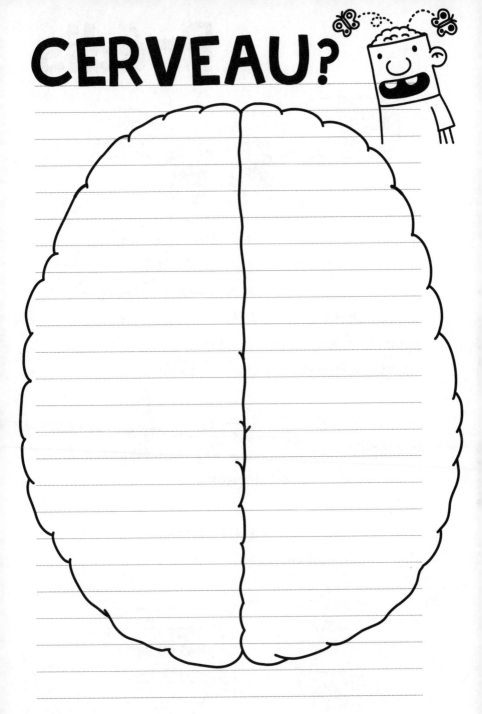

Prédis

Je prédis solennellement que, dans vingt ans,
les voitures ne rouleront plus à l'essence mais
à (au) _aile_ . Un sandwich au fromage coûtera
_18_ , et une place de cinéma _254_ . Les animaux
domestiques auront leurs propres _apartement_ .
Les sous-vêtements seront en _métal_ .
Le (la) _l'école_ n'existera plus.
Le président de la République sera _trop cool_
et s'appellera _nouille_ . Il y aura davantage de
monstre que de gens.

La réplique culte la plus agaçante sera :

yo Dude

KESTA
CABASTA ?

TI BIDI BID
ET GRAS DU BIDE !

l'AVENIR

Les extraterrestres débarqueront sur notre planète
en l'an 2033 et feront la déclaration suivante:

l'eau est interdite au
moins de 7 ans!

LES BROCOLIS
NE SE MANGENT PAS !

J'EN ÉTAIS
SÛR !

Dans vingt ans, le truc qui tapera sur les nerfs
des vieux sera:

les voiture
volante

SALETÉS
DE PLANCHETTES !

VROUUUUM

Prédis

DANS CINQUANTE ANS:

Les robots et les humains se battront pour régner sur le monde. VRAI ☐   FAUX ☑

ET TOC !

CLONK

EH ! ARRÊTEZ ÇA !

Les parents n'auront pas le droit de danser à moins de dix mètres de leurs enfants. VRAI ☑   FAUX ☐

Les gens auront une puce de SMS implantée dans le cerveau. VRAI ☑   FAUX ☐

t
dbil

:(

l'AVENIR

TES CINQ PRÉDICTIONS RENVERSANTES
POUR L'AVENIR :

1. nouvelle cochenerie

2. nouveau jeu video

3. tout est gratuit

4. plus décole

5. fool gaté

(NOTE TOUT MAINTENANT, COMME ÇA,
TU POURRAS RÉPÉTER PLUS TARD À TES POTES :
« JE VOUS L'AVAIS BIEN DIT. »)

Prédis TON

Réponds à ces questions, et, pour connaître ton score, vérifie les réponses quand tu seras adulte!

QUAND J'AURAI 30 ANS

Je vivrai à _1000_ km de chez mes parents.

Je serai: MARIÉ ☑   CÉLIBATAIRE ☐

J'aurai _1_ enfant(s) et
un _chien_ nommé _fido_ .

Je serai _commudien_ et je gagnerai
_1000_ euros par mois.

Je vivrai dans un(e) _maison_
sur un(e) _montagne_ .

J'irai travailler tous les jours en
skate .

avenir

Je mesurerai __1__ m __05__ cm.

J'aurai à peu près la même coupe
que maintenant. VRAI ☐ FAUX ☑

Mon meilleur ami sera le même qu'aujourd'hui.
VRAI ☑ FAUX ☐

Je serai en très bonne forme
physique. VRAI ☑ FAUX ☐

J'écouterai le même genre de musique que j'écoute
aujourd'hui. VRAI ☐ FAUX ☑

J'aurai visité _tout les_ pays différents.

Entre aujourd'hui et ce moment-là, j'aurai surtout
changé du point de vue de _visage_

Prédis TON

En fait, il te suffit de lancer un dé et de barrer
les mots quand tu tombes sur le chiffre correspondant,
comme ça :

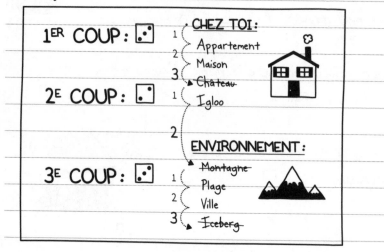

1ER COUP : ⚃

2E COUP : ⚀

3E COUP : ⚁

CHEZ TOI :
1 Appartement
2 Maison
3 ~~Château~~
1 Igloo

2

ENVIRONNEMENT :
1 ~~Montagne~~
Plage
2 Ville
3 ~~Iceberg~~

Continue en suivant toute la liste, et quand tu arrives
au bout, reviens au début. Quand il ne reste plus
qu'un mot dans une catégorie, entoure-le
et tu connaîtras ton avenir ! Bonne chance !

ÇA CRAINT.

avenir

CHEZ TOI:

Appartement
Maison ✓
Château
Igloo

ENVIRONNEMENT:

Montagne ✓
Plage
Ville
Iceberg

ENFANTS:

Aucun
Un ✓
Deux
Dix

ANIMAL:

Chien ✓
Chat
Oiseau
Tortue

TRAVAIL:

Médecin
Comédien ✓
Clown
Mécanicien
Avocat
Pilote
Sportif
Dentiste
Magicien
Ce que tu veux

VÉHICULE:

Voiture ✓
Moto
Hélicoptère
Skateboard ✓

SALAIRE:

100 euros par an
100 000 euros par an
1 million d'euros par an
100 millions d'euros par an ✓

Imagine ta

LA FUTURE MAISON

DE GREG HEFFLEY

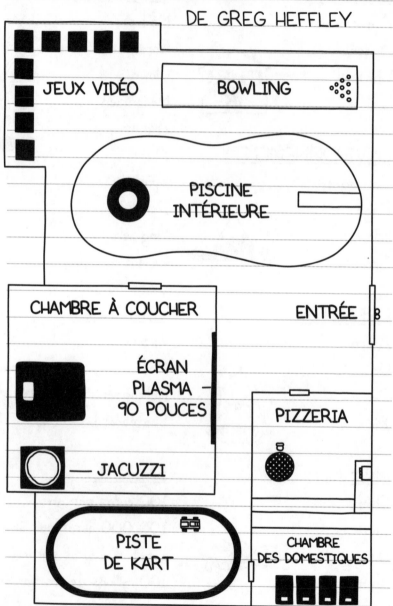

JEUX VIDÉO

BOWLING

PISCINE
INTÉRIEURE

CHAMBRE À COUCHER

ENTRÉE

ÉCRAN
PLASMA —
90 POUCES

PIZZERIA

— JACUZZI

PISTE
DE KART

CHAMBRE
DES DOMESTIQUES

MAISON DE RÊVE

TA FUTURE MAISON

PANORAMA

A LE PLUS DE CHANCES
DE S'ENDORMIR EN CLASSE

A LE PLUS DE CHANCES DE
S'ÉVANOUIR À LA VUE DU SANG

A LE PLUS DE CHANCES
DE DEVENIR MILLIARDAIRE

A LE PLUS DE CHANCES
DE FAIRE UNE ÉMISSION
DE TÉLÉ-RÉALITÉ

DE POTES

A LE PLUS DE CHANCES
DE DEVENIR PRÉSIDENT

A LE PLUS DE CHANCES DE
VENIR EN COURS EN PYJAMA
SANS LE FAIRE EXPRÈS

A LE PLUS DE CHANCES
D'ENTRER DANS UN CIRQUE

A LE PLUS DE CHANCES DE
BATTRE UN RECORD DU MONDE

Les questions

Quel est le truc le plus gênant qui soit arrivé
à quelqu'un que tu connais ?

Quelle est la pire chose que tu aies
jamais mangée ?

Combien de pas dois-tu faire pour sauter dans ton lit
quand tu as éteint la lumière ?

Combien serais-tu prêt à payer pour
dormir une heure de plus le matin ?

de GREG

As-tu déjà fait semblant d'être malade pour ne pas aller à l'école ?

(NOUVEAU JEU VIDÉO)

Est-ce que ça t'énerve quand certains sautent à cloche-pied ?

As-tu déjà fait quelque chose de mal sans jamais te faire choper ?

Termine

Eustache le Moche

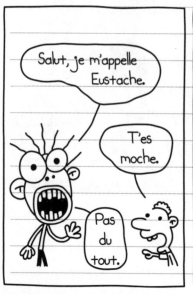

la BD

Eustache le Moche

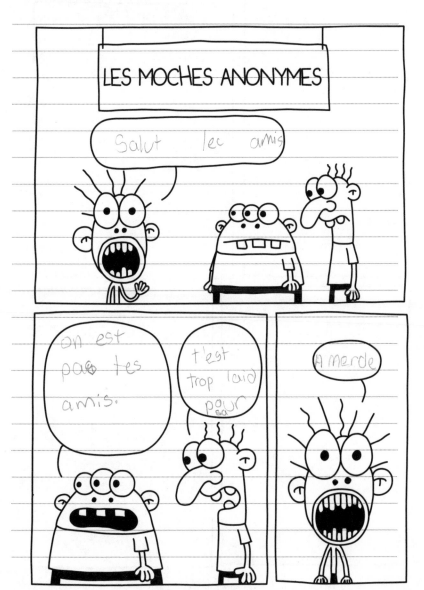

Crée ta

propre BD

Qu'est-ce que

☐ Dormir dans la baignoire
☑ Dormir dans la chambre de tes parents

☐ Manger la même chose à tous
les repas jusqu'à la fin de tes jours
☑ Regarder la même série télévisée
jusqu'à la fin de tes jours

☑ Pouvoir devenir invisible, mais seulement pendant
dix secondes de suite
☐ Pouvoir voler, mais seulement à
cinquante centimètres du sol

☑ Te passer de télé pendant un mois
☐ Te passer d'Internet pendant un mois

☐ Passer toute une nuit dans une maison hantée
☑ Passer toute une minute dans une pièce pleine
d'araignées

☑ Avoir le premier rôle dans un très mauvais film
☐ Avoir un tout petit rôle dans un très bon film

TU PRÉFÉRERAIS ?

☑ Porter le même costume de Halloween tous les ans

☐ Porter les mêmes chaussettes toute une semaine

☐ Vendre des tablettes de chocolat
à tes voisins pour un voyage scolaire

☑ Arrêter les sucreries pendant un mois

☐ Être tellement célèbre que
tout le monde te connaît

☐ Mener une vie tranquille
et avoir ton intimité

☐ Avoir le pouvoir de prédire l'avenir

☑ Avoir le pouvoir de lire dans le passé

☐ Avoir une dispense de douche ou de bain

☑ Avoir une dispense de devoirs

☑ Avoir un accès gratuit
à toutes les musiques du monde

☐ Avoir un accès gratuit à tous
les jeux vidéo du monde

Conseils pour la

1. N'utilise jamais les toilettes de l'étage vu qu'il n'y a plus de porte nulle part.

2. Ne t'assois pas à côté de n'importe qui à la cantine.

3.

Ne te cure pas le nez juste avant la photo de classe.

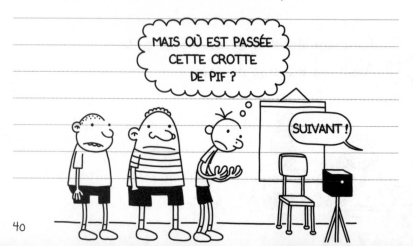

rentrée prochaine

1.

2.

3.

4.

Dessine ta FAMILLE

à la manière de Greg Heffley

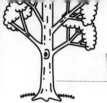

Dessine ton ARBRE

Combien de générations d'ascendants peux-tu retrouver ?

GRAND-MAMAN   GRAND-PAPA   MAMIE   PAPY   REMUS   LULU   WILLIAM   HELEN

GRAND-MÈRE   GRAND-PÈRE   PÉPÉ   MÉMÉ

MAMAN   PAPA

GREG

GÉNÉALOGIQUE

Dessine ton PROPRE arbre généalogique sur
cette page !

maman   papa

Agnes

Ce que tu aimes LE PLUS

Émission de télé : Arganaute

Groupe de musique : one Dir

Équipe de sport :

Plat :

Personne connue :

Odeur :

Méchant :

Chaussures :

Soda :

Céréales :

Super-héros :

Bonbons :

Restaurant :

Sportif :

Console de jeu :

BD :

Journal :

Voiture :

Ce que tu aimes LE MOINS

Émission de télé :

Groupe de musique :

Équipe de sport :

Plat :

Personne connue :

Odeur :

Méchant :

Chaussures :

Soda :

Céréales :

Super-héros :

Bonbons :

Restaurant :

Sportif :

Console de jeu :

BD :

Journal :

Voiture :

Garde trace de tes

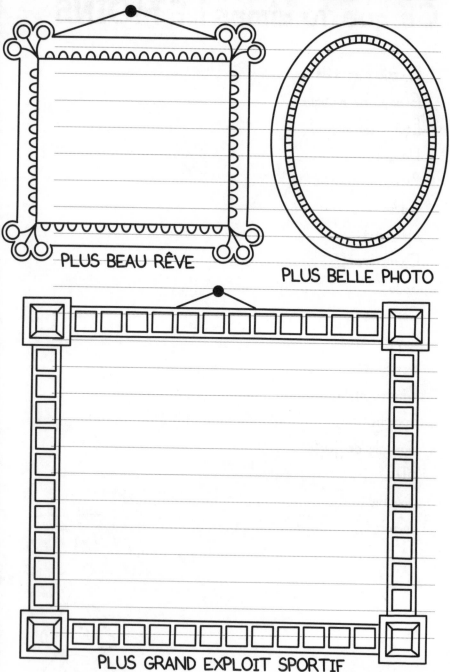

PLUS BEAU RÊVE

PLUS BELLE PHOTO

PLUS GRAND EXPLOIT SPORTIF

MEILLEURS MOMENTS

CITATION LA PLUS DRÔLE

RÉCOMPENSE LA PLUS COOL

MEILLEUR COSTUME DE HALLOWEEN

MEILLEUR REPAS

Les choses à faire

☐ Passer une nuit blanche.

☐ Faire les montagnes russes avec au moins un looping.

☐ Participer à une bataille de bouffe.

SCHLAC

☐ Demander un autographe à une personne célèbre.

☐ Mettre la balle dans le trou en un coup au minigolf.

☐ Se couper soi-même les cheveux.

☐ Trouver une idée d'invention.

☐ Passer trois nuits de suite hors de chez soi.

☐ Envoyer un message dans une vraie enveloppe et avec un vrai timbre.

Chère Grand-mère, envoie des sous, STP.

J'AI PRESQUE TOUT FAIT !

avant d'être vieux

☐ Dormir à la belle étoile.

☐ Lire en entier un livre sans images.

☐ Battre un plus vieux que soi
à la course à pied.

☐ Manger toute une sucette
sans la croquer.

☐ Utiliser des toilettes mobiles.

OCCUPÉ!

TOC
TOC

☐ Marquer au moins une fois dans un sport d'équipe.

☐ Se présenter à un casting.

HEIN ?

Fabrique ta propre
CAPSULE TEMPORELLE

Dans quelques siècles, les gens voudront savoir comment tu vivais. Quel genre de vêtements tu portais? Qu'est-ce que tu lisais? Qu'est-ce que tu faisais pendant tes loisirs?

Remplis une boîte avec de quoi donner aux gens du futur une bonne idée de ce que tu es. Dresse une liste de ce que tu vas mettre dans cette boîte avant de l'enterrer à un endroit où personne ne la trouvera avant très longtemps!

1.   5.

2.   6.

3.   7.

4.   8.

La MEILLEURE BLAGUE
que tu aies jamais entendue

Cinq choses que
PERSONNE NE SAIT sur toi

PARCE QU'ON N'A PAS PRIS LA PEINE
DE TE LES DEMANDER

1.

2.

3.

4.

5.

Ton PIRE CAUCHEMAR

FERME
DES MYGALES

Règles à imposer en

1. Ne pas m'adresser la parole avant 8 heures du matin.

2. Ne pas m'obliger à m'asseoir à côté de mon petit frère les soirs de spaghettis.

3. Ne pas entrer dans ma chambre sans frapper.

4. N'emprunter mes sous-vêtements sous aucun prétexte.

FAMILLE

1.

2.

3.

4.

Ce qu'il faut SAVOIR sur

L'élève qui saura garder un secret : _____

L'élève qui sera un bon coloc
à la fac : _____

L'élève avec qui tu peux aller
acheter des fringues : _____

L'élève qui pourra te couper
les cheveux : _____

L'élève qui ment le plus mal : _____

L'élève qui serait prêt à accuser
un autre d'avoir pété : _____

L'élève qui est du genre
à emprunter quelque chose
et à oublier de le rendre : _____

CEUX DE TA CLASSE

L'élève qui aura les meilleures chances
de survivre en plein désert : _____

L'élève qui voudra bien faire
tes devoirs à ta place : _____

L'élève qui ne sait pas chuchoter : _____

L'élève avec qui tu ne voudrais pas
te battre : _____

L'élève que tu aimerais bien
avoir comme voisin : _____

L'élève qui serait prêt à faire
un truc dingue par défi : _____

L'élève qui ne devrait surtout pas
lire ce livre : _____

Ta vie

Combien de temps as-tu déjà tenu sans te laver ?

 Combien de bols de céréales as-tu déjà pu avaler d'un seul coup ?

Le plus longtemps que tu es resté privé de sortie :

Ton plus gros retard à l'école :

 Le nombre de fois que tu t'es fait courser par un chien :

Le nombre de fois que tu es resté à la porte :

en chiffres

Le plus tard que tu aies jamais
travaillé sur un devoir :

_____

Le plus d'argent que tu as économisé : _____

Nombre de pages du plus petit livre sur
lequel tu as rendu une fiche de lecture :

_____

Ton record de kilomètres à pied :

_____

Ton record de jours sans télé :

_____

Combien de fois
t'a-t-on pris
à te curer le nez ?

Combien de fois
ne t'a-t-on pas pris
à te curer le nez ?

Ta vie

L'âge auquel tu as appris
à faire du vélo :

Le plus longtemps que tu es resté
loin de chez toi :

Combien d'heures par jour
tu passes devant la télé :

L'âge que tu choisirais si tu devais
y rester toute ta vie :

Combien de fois as-tu regardé
ton film préféré ?

COUCOU,
TU ES
MORT

Combien de fois as-tu déjà pris l'avion ?

en chiffres

Ton record de menus de fast food
avalés en une seule journée :

_____

Dans combien d'États américains es-tu déjà allé ? _____

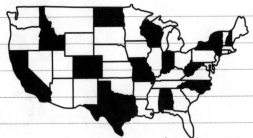

Nombre d'animaux que tu as eus en même temps : _____

Ton record de caries
trouvées lors d'une seule
visite :

_____

La queue la plus longue que tu aies jamais faite : _____

Termine

Joli Cœur

« *Maman, est-ce que mon crayon est monté au ciel ?* »

Joli Cœur

la BD

Joli Cœur

《 ————————————————————— 》

Joli Cœur

《 ————————————————————— 》

Crée ta

propre BD

Trouve ta réplique CULTE

Tu vois, quand certains personnages de film ou de télé disent un truc vraiment drôle, et que soudain, TOUT LE MONDE le répète? Eh bien, pourquoi ne pas trouver ta PROPRE réplique culte que tu ferais imprimer sur des T-shirts pour que ça te rapporte?

OH LA VACHE MAMAN!

BONUS: Trouve une autre réplique et mets-la sur une casquette!

Au cas où tu deviendrais AMNÉSIQUE...

Dans les films, les gens prennent toujours des coups sur la tête, et puis se réveillent en ayant oublié qui ils sont et d'où ils viennent. Au cas où ça t'arriverait, écris les choses les plus importantes qui te concernent pour te donner une bonne chance de recouvrer la mémoire !

1.

2.

3.

4.

JE PRÉFÈRE DORMIR EN COMBINAISON PYJAMA ROUGE !

Les QUATRE LOIS que tu feras passer en priorité quand tu seras élu président de la République

1.

2.

3.

4.

« Je décrète par la présente que la douche ne sera plus obligatoire après l'EPS. »

Ta PLUS GROSSE BÊTISE
quand tu étais petit

# Interrogatoire

As-tu déjà mangé
de la nourriture récupérée
dans une poubelle ?
OUI ☐   NON ☐

D'après toi, dans quel resto
trouve-t-on les meilleures frites ?

_____

Qu'est-ce que tu as déjà
essayé en te promettant
de ne jamais recommencer ?

Qu'est-ce que tu voudrais bien
avoir le courage de faire ?

_____

Si tu devais éliminer une fête,
laquelle choisirais-tu ?

JE T'♥

_____

serré

À quel âge penses-tu qu'on devrait
avoir son premier portable ?

Quel est le sport le plus ennuyeux à regarder à la télé ?

Si tu pouvais aller faire
du shopping dans n'importe
quelle boutique, laquelle
choisirais-tu ?

Si on écrivait un livre
sur ta vie, quel en serait le titre ?

Le doux parfum de
LA RÉUSSITE

Histoire de
Greg Heffley

Trouve-toi une SIGNATURE

Un jour, tu seras célèbre. Alors, inutile de se voiler la face, il va falloir améliorer ta signature. Sers-toi de cette page pour mettre au point un autographe tout nouveau, tout beau.

Dresse la liste de tes BLESSURES

COUDE ÉCORCHÉ
(FAUX PAS CONTRE
UN TROTTOIR)

PETITES CHAUSSURES
EN PLASTIQUE FOURRÉES
DANS LE NEZ

MENTON EXPLOSÉ (CAUSE :
JAMBES ENGOURDIES APRÈS
TROP LONG SÉJOUR SUR LES WC)

MORSURES
SUR LES MOLLETS
(FREDDY)

PETIT DOIGT CASSÉ
(COINCÉ DANS UNE PORTE
PAR PETIT FRÈRE)

Quelques questions

Crois-tu aux licornes ?

Si jamais tu rencontrais
une licorne, que lui demanderais-tu ?

As-tu déjà dessiné quelque chose
de tellement affreux que ça t'a
donné des cauchemars ?

Combien de nuits
par semaine dors-tu
dans le lit de tes parents ?

de ROBERT

As-tu déjà réussi à faire tes lacets tout seul ?

T'es-tu déjà rendu malade à force de manger du brillant à lèvres cerise ?

Tes amis sont-ils jaloux que tu saches aussi bien sauter à cloche-pied ?

Crée ton propre

Quand tu seras célèbre, tout le monde voudra acheter des trucs à ton nom. En fait, dans quelques années, on trouvera un sandwich qui s'appellera comme toi dans les restaurants. Tu as tout intérêt à choisir les ingrédients dès maintenant.

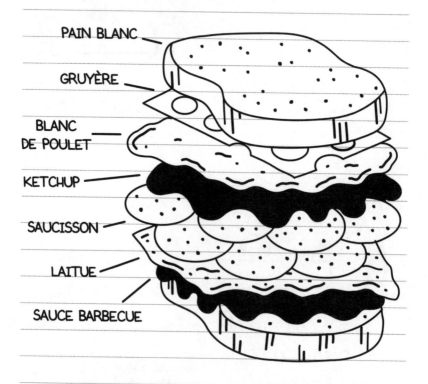

PAIN BLANC

GRUYÈRE

BLANC
DE POULET

KETCHUP

SAUCISSON

LAITUE

SAUCE BARBECUE

« Le Robert »

SANDWICH

DÉTAILLE TON SANDWICH MAINTENANT

Tes plus GROSSES

1. Avoir cru mon grand frère quand il m'a dit que c'était « journée pyjama » à l'école.

2. Avoir relevé un défi qui n'en valait peut-être pas la peine.

> JE L'AI FAIT ! VOUS ME DEVEZ 20 CENTIMES, LES MECS !

3. Avoir donné ma bouteille de soda vide à Timmy Brasseur.

> SACREBLEU ! J'AI GAGNÉ **LE MILLION !**

ERREURS jusqu'à présent

1.

2.

3.

Crée ta propre

NOM DE L'ÉQUIPE : _____

VILLE : _____

SPORT : _____

LOGO :

MASCOTTE DE L'ÉQUIPE :

↑
DESSINE-LA ICI

ÉQUIPE

COMPOSITION DE L'ÉQUIPE

NOM   POSTE

1.
2.
3.
4.
5.

TENUE :

Termine

Pat Étik

PAT, QUE FAISAIT CE PAIN AU LAIT DANS LE LECTEUR DE DVD ?

OUPS. JE CROYAIS QUE C'ÉTAIT UN GRILLE-PAIN.

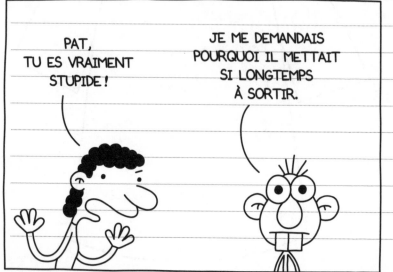

PAT, TU ES VRAIMENT STUPIDE !

JE ME DEMANDAIS POURQUOI IL METTAIT SI LONGTEMPS À SORTIR.

la BD

Pat Étik

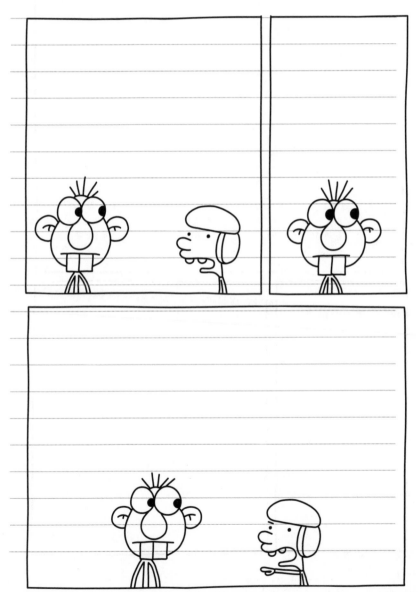

Crée ta

propre BD

LES EXERCICES

TEST DE QI

Trouve la sortie de ce labyrinthe et vérifie si tu es malin ou bête.

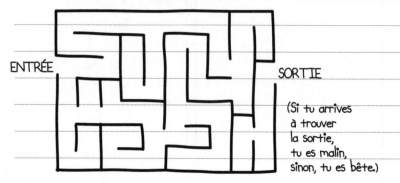

ENTRÉE

SORTIE

(Si tu arrives
à trouver
la sortie,
tu es malin,
sinon, tu es bête.)

Place cette phrase devant un miroir et lis-la aussi fort que tu peux :

Ǝ⅃IꓭƎᗡ ƧIUƧ Ǝſ.

Complète le mot ci-dessous :

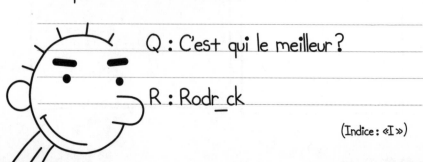

Q : C'est qui le meilleur ?

R : Rodr_ck

(Indice : «I»)

DE RODRICK

Réponds <u>uniquement</u> par oui ou par non :

Q : Es-tu gêné d'avoir fait
dans ta couche aujourd'hui ?

Tu veux monter ton groupe ? Pas de pot :
le meilleur nom est déjà pris et c'est
Kuch Kraceuz. Mais si tu veux quand même
essayer, tu peux utiliser une combinaison
de ces deux listes* :

PREMIÈRE PARTIE	SECONDE PARTIE
Râs	Ténieus
Chakals	Pouravs
Klebs	Fétids
Mobs	Mortels
Tachs	Crénios
Vaumis	Fatals

*P.-S. Si jamais tu utilises un de ces noms,
tu me dois cent balles.

Monte ton propre

NOM DU GROUPE :

GENRE :

(ROCK, POP, RAP, COUNTRY, ETC.)

LOGO : →

CHANTEUR :

BATTEUR :

À LA GUITARE :

À LA BASSE :

GROUPE

Dessine une affiche pour annoncer votre premier concert!

Écris ta première

KUCH SUPERKRACEUZ de Rodrick Heffley

On gueule dans les haut-parleurs
Aux quatre coins de ta ville
On passe dans ton casque
Et t'as les yeux qui vrillent.

On monte le son
Rien ne nous arrêtera!
Ton cerveau te sort par les oreilles
Ta tête va éclater.

On en met une Kuch!
Une Kuch Superkraceuz.
Tu ferais mieux de te planquer
Car ça va exploser.

J'te dis que c'est une Kuch!
Une Kuch Superkraceuz
Et ta mère va trembler
Quand ça va décoller.

La pression va grimper
Et on va tout péter!
Dans les stades, les gymnases,
il est temps de gueuler!

Oui, c'est bien la Kuch!
Une Kuch superkraceuz.
Et t'es pas très couvert
Depuis le dernier hiver.

CHANSON

Conçois ton propre BUS

N'OUBLIE PAS LES COUCHETTES, LES CANAPÉS, UNE CUISINE, UNE SALLE DE BAINS, DES ÉCRANS PLATS, ET TOUT CE DONT TU AURAS BESOIN POUR VIVRE SUR LA ROUTE !

DE TOURNÉE

Prépare la méga traversée des

Les potes à inviter

★
★
★
★

Les affaires à emporter

★   ★
★   ★
★   ★
★   ★

La musique à enregistrer

★   ★
★   ★
★   ★
★   ★

ÉTATS-UNIS

Les coins à voir

★   ★

★   ★

★   ★

★   ★

Prépare ton itinéraire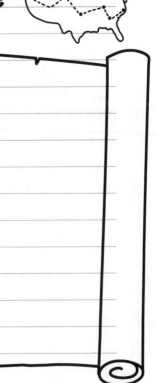

Dans ta

Si tu deviens un musicien célèbre ou une star de cinéma, prévois une liste de ce qu'il te faudra absolument dans ta loge.

Exigences de Greg Heffley - page 1 sur 9

3 litres de soda à la mangue

2 pizzas au jambon géantes

1 kilo de cookies aux pépites de chocolat tout frais

1 saladier de Dragibus (sauf les roses et les noirs)

1 machine à pop-corn

1 télé à écran plasma de 52 pouces

3 consoles de jeux vidéo avec 10 jeux chacune

1 machine à glace italienne

10 cornets gaufrés

1 peignoir en éponge

1 paire de chaussons

*** les toilettes doivent être équipées d'une lunette chauffante

*** le PQ doit être marqué à ses initiales

LOGE

Tu ferais mieux de dresser ta liste dès maintenant, afin d'être prêt pour le grand jour.

Connais-tu bien

Réponds aux questions suivantes, puis demande à ton pote de faire la même chose. Compte combien de vos réponses correspondent.

NOM DE TON POTE: _____

Ton pote est-il malade
en voiture? _____

Si ton pote pouvait rencontrer
une personne célèbre, ce serait qui? _____

Où est né ton pote? _____

Ton pote a-t-il déjà rigolé
au point que le lait lui
est sorti par le nez? _____

Ton pote a-t-il déjà été envoyé
au bureau du directeur? _____

9 - 10: TU CONNAIS TELLEMENT BIEN TON POTE
QUE ÇA FAIT PEUR.
6 - 8: PAS MAL... TU CONNAIS SUPER BIEN TON POTE!

ton meilleur POTE ?

Quelles sont les saletés que
ton pote préfère manger ? _____

Ton pote s'est-il déjà cassé
quelque chose ? _____

La dernière fois que ton pote
a fait pipi au lit : _____

Si ton pote devait se changer
en animal pour toujours,
ce serait lequel ? _____

Ton pote a-t-il secrètement
peur des clowns ? _____

Additionne maintenant les bonnes réponses et vérifie
suivant la grille ci-dessous si vous êtes vraiment proches.

2 - 5 : VOUS VENEZ DE VOUS RENCONTRER OU QUOI ?
0 - 1 : IL EST TEMPS DE TE TROUVER UN NOUVEAU POTE.

Fais un TEST DE

Tu veux savoir si ton pote et toi, vous êtes bien assortis? Examine d'abord les paires ci-dessous, et entoure dans chacune la partie que tu préfères.

COMPATIBILITÉ avec tes amis

Puis demande à ton copain d'examiner la même liste
et de faire sa propre sélection. Vérifie alors les choix que
vous avez en commun !

Si tu avais une MACHINE

Si tu pouvais remonter le temps pendant cinq minutes seulement pour changer l'avenir, où irais-tu ?

Si tu pouvais remonter le temps pour assister à un événement historique, ce serait lequel ?

Si tu devais te retrouver coincé dans le passé, quelle période choisirais-tu ?

à voyager dans le TEMPS...

Si tu pouvais remonter le temps pour filmer
un événement de ta vie, ce serait lequel ?

Si tu pouvais remonter le temps pour informer ton toi
passé de quelque chose, qu'est-ce que ce serait ?

Si tu pouvais aller dans l'avenir pour dire quelque chose
à ton toi futur, qu'est-ce que ce serait ?

TU ES
RIDICULE
AVEC CES
CHAUSSETTES !

AH ?

Très mauvaises

<u>Le truc de « tenir sur un pied »</u>

1RE ÉTAPE : en rentrant de l'école, parie avec un ami qu'il ne pourra pas rester sur un pied pendant trois minutes sans parler.

2^E ÉTAPE : pendant que ton copain se tient sur un pied, frappe très fort chez un voisin particulièrement grincheux.

3^E ÉTAPE : cours.

BLAGUES

UNE BLAGUE QUE TU AS FAITE
À UN COPAIN:

UNE BLAGUE QUE TU AS FAITE
À UN MEMBRE DE TA FAMILLE:

UNE BLAGUE QUE TU AS FAITE
À UN PROF:

Dessine ta CHAMBRE

telle qu'elle est maintenant

Termine

L'Incroyable Police des Pets

la BD

L'Incroyable Police des Pets

Crée ta

propre BD

Tes INVENTIONS

DÉFLECTEUR DE MAUVAISE HALEINE

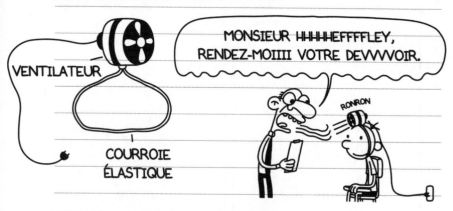

VENTILATEUR

COURROIE
ÉLASTIQUE

MONSIEUR ~~HHHHEFFFFLEY~~, RENDEZ-MOIIII VOTRE DEVVVVOIR.

RONRON

TRADUCTEUR ANIMAL AUTOMATIQUE

CASQUE

SAC
SYSTÈME

MICRO

OUAH !
OUAH !
OUAH !

BONJOUR !
BONJOUR !
BONJOUR !

BÂTON SAVEUR

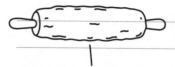

ROULEAU À PÂTISSERIE
ENROBÉ DE MIETTES
DE CHIPS PARFUMÉES

(IL PEUT S'AGIR
DU PARFUM
OIGNON-FROMAGE,
PIZZA FEU DE BOIS
OU JAMBON BRAISÉ)

SLURP

les plus géniales

NOTE TES PROPRES IDÉES GÉNIALES AFIN
DE POUVOIR PROUVER QUE TU LES AS EUES
AVANT TOUT LE MONDE.

Dessine tes CHAUSSURES

De grands sportifs conçoivent leurs propres chaussures, alors, pourquoi pas toi ? Imagine une basket et une tennis qui conviennent à ta personnalité.

TABLEAU D'EXCUSES
toutes prêtes

Tu as oublié de faire tes devoirs? Tu es en retard à l'école? En toute situation, tu peux te servir de ce tableau d'excuses toutes prêtes pour te sortir du pétrin. Il te suffit de prendre un bout de phrase dans chaque colonne, et le tour est joué!

MA MÈRE	A DÉCHIRÉ	MA COPIE
MON CHIEN	A MANGÉ	MON CAR
MON PETIT ORTEIL	A MARCHÉ SUR	MA CHAMBRE
UN TYPE	A BOUSILLÉ	MES HABITS
LA CUVETTE DES WC	A FRAPPÉ	MON DÉJEUNER
UN CAFARD	S'EST FROTTÉ CONTRE	MON ARGENT

LA CUVETTE DES WC A BOUSILLÉ MON DÉJEUNER!

Dessine un plan

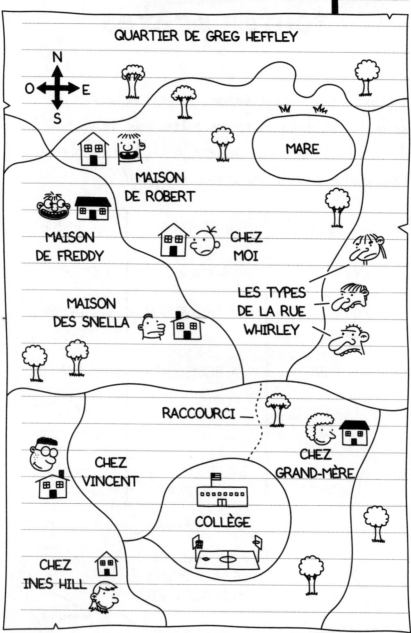

QUARTIER DE GREG HEFFLEY

MARE

MAISON DE ROBERT

MAISON DE FREDDY

CHEZ MOI

LES TYPES DE LA RUE WHIRLEY

MAISON DES SNELLA

RACCOURCI

CHEZ VINCENT

CHEZ GRAND-MÈRE

COLLÈGE

CHEZ INES HILL

de ton QUARTIER

TON QUARTIER

Fabrique tes propres

DESSUS

Chère tante Jeanne

MERCI

pour les super chaussettes
que tu m'as tricotées.

DEDANS

Mais la prochaine fois,
on pourrait s'en tenir
à quelques billets ?

DÉBILE !

PAF

DESSUS

Désolé

que ça n'ait pas marché
entre Lorna et toi.

DEDANS

PS : tu pourrais
essayer de savoir
si elle me trouve
« mignon ».

CARTES DE VOEUX

DESSUS

DEDANS

DESSUS

DEDANS

Les MEILLEURES VACANCES de toute ta vie

Perles de SAGESSE

Termine

SKters de l'Xtrem'

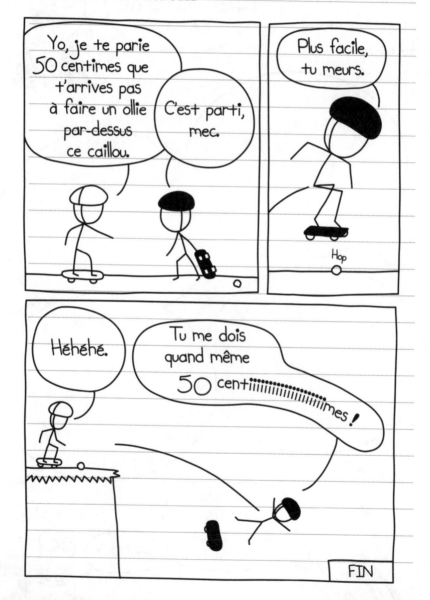

la BD

SKters de l'Xtrem'

FIN

 # Crée ta

propre BD

Conçois ta propre

MAISON HANTÉE

 # Si tu avais des

Si tu avais le pouvoir de lire dans les pensées,
voudrais-tu vraiment t'en servir?

OUI ☐   NON ☐

> JE ME DEMANDE SI
> MON SPARADRAP N'EST PAS TOMBÉ
> DANS LES CHIPS ?

SCRONCH
SCRONCH

CHIPS

Si tu étais un super-héros, aimerais-tu avoir
un partenaire ?   OUI ☐   NON ☐

> MERCI À VOUS DEUX
> DE NOUS AVOIR SAUVÉS !

> EN FAIT, C'ÉTAIT MOI
> À 99 %.

R

SUPER-POUVOIRS...

Si tu étais un super-héros, dévoilerais-tu ta véritable identité?   OUI ☐   NON ☐

GREG, LE PETIT JOE EST TOMBÉ DANS LE PUITS. IL FAUT QUE VOUS LE SAUVIEZ!

ENCORE ???

Voudrais-tu avoir des yeux équipés de rayons X si tu étais obligé de t'en servir tout le temps?

OUI ☐   NON ☐

AAAAAAHHH !

Dessine tes POTES

à la manière de Greg Heffley

Quelques questions

Est-ce que tu gardes des trucs à manger dans ton nombril pour quand tu as une petite faim?

Les animaux te parlent-ils parfois par télépathie?

Sommes-nous amis pour toujours, petit écureuil?

À la vie à la mort, Freddy.

Ton conseiller d'orientation a-t-il déjà dit que tu étais dangereux et imprévisible?

SI JE TE CHATOUILLE, JE TE PARIE QUE TU PLEURES!

de FREDDY

Si tu avais une queue, qu'est-ce que tu ferais avec ?

Est-ce qu'il t'arrive de manger tes croûtes ?

Tu veux qu'on s'amuse à se frapper avec une couche ?

Est-ce qu'un prof t'a déjà renvoyé chez toi pour « raisons d'hygiène » ?

Tu t'es sûrement encore mal essuyé, Freddy.

Crée ton propre

Imagine la compétition suprême, et choisis le gagnant ! Voilà comment ça marche : trouve d'abord une catégorie pour ton tournoi (méchants de cinéma, champions sportifs, personnages de dessins animés, groupes musicaux, quoi manger au petit déj', émissions de télé, etc.)

Inscris ensuite une entrée sur chacune des lignes numérotées. Nomme le gagnant de chaque rencontre et reporte-le sur le tour suivant.

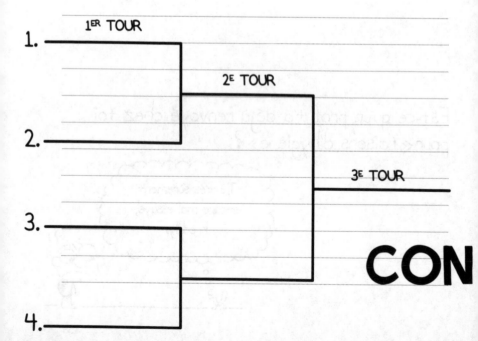

1.

1ᴱᴿ TOUR

2.

2ᴱ TOUR

3.

3ᴱ TOUR

4.

CON

TOURNOI

Par exemple, dans une compétition d'aliments de petit déj', tu peux opposer les céréales et les œufs, et ce sont les céréales qui se retrouveront au second tour.

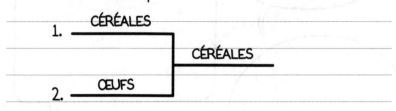

Continue jusqu'à ce qu'il ne reste plus que deux entrées en course. Quand les deux finalistes s'affronteront, entoure celui que tu préfères. Tu auras ton gagnant !

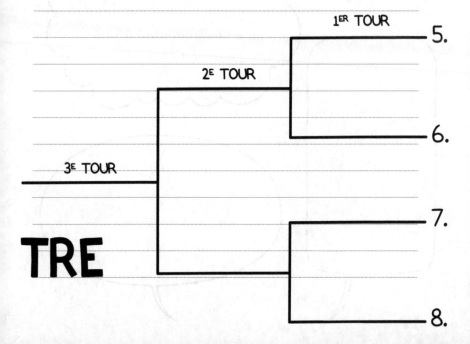

Autographes

DEMANDE À TES AMIS D'ÉCRIRE QUELQUE CHOSE DANS CE LIVRE.

138

Autographes

Que vois-tu dans ces

Regarde bien ces taches d'encre et écris ce qu'elles t'évoquent. Tu vas devoir te servir de ton imagination ! Ce que tu vois dans ces taches révèle sûrement une partie de ta personnalité... mais à toi de déterminer laquelle !

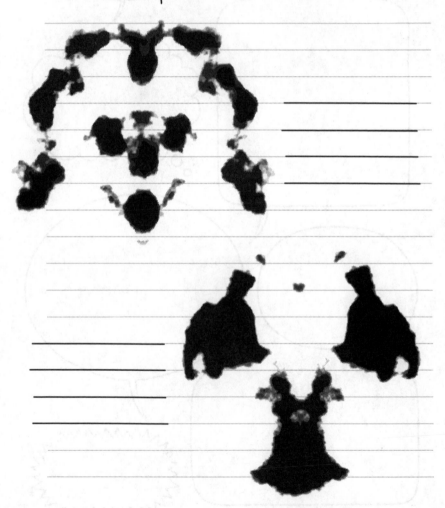

TACHES D'ENCRE?

DEUX TORTUES QUI JOUENT AU TENNIS!

141

Le PREMIER CHAPITRE de

Chapitre 1
L'ENFANCE

Je suis né à _Montréal_ ,
le _18 Août 2004_ . Je mesurais _____ cm,
pesais _____ kilos, et je ressemblais à
un _Ange_ .

J'ai passé mes premiers mois à _crier_
dormir et à _rire_ , jusqu'à
ce que j'aie _12_ mois et puisse enfin commencer
à _parler_ .

Très tôt, j'ai montré un talent certain pour _____
_____, mais je n'ai jamais vraiment compris
comment _____. J'aimais manger
_____ mais je n'ai jamais pu supporter
_____.

Quand j'ai eu _____ ans, j'ai commencé à
m'intéresser réellement à _____. Mais j'en ai eu
assez quand j'ai eu _____ ans et je suis passé à
_____.

ton AUTOBIOGRAPHIE

Tout petit, j'étais assez courageux pour _____
_____, mais j'avais affreusement peur
de _____. En fait, aujourd'hui
encore, je ne m'approcherais d'_____
pour rien au monde.

Mon meilleur ami d'enfance s'appelait _____
_____, il est aujourd'hui à _____.

Quand j'étais gosse, _____ était
mon bien le plus cher. Le meilleur anniversaire
que j'ai eu a été celui de mes _____ ans, quand
_____ m'a donné _____.

L'émission de télé que je préférais s'appelait
_____, et, quand je ne regardais pas
la télé, je _____ pendant des heures
d'affilée.

Quand j'étais petit, on me disait toujours
qu'un jour, je deviendrais _____. Qui aurait
pu deviner que je serais _____?

OH LA VACHE, MAMAN !

par Robert

Gauthier le HARICOT VERT

par Freddy

Gauthier est un élève normal, qui se trouve être un haricot vert.

Gauthier (taille réelle)

Les camarades de Gauthier le harcèlent sans cesse à cause de sa taille.

Eh, t'es assis à ma place !

Il n'y a pas ton nom dessus.

Maintenant, il va y avoir une petite tache verte.

Gauthier voudrait faire du sport, mais il n'a pas beaucoup de chance.

Regardez les mecs. J'ai un truc qui pendouille au bout de mon nez !

Veuillez me lâcher, félon !

HA HA HA

HA HA HA

PAT ÉTIK HUMORISTE

Par Greg Heffley

BON, VOICI MA PREMIÈRE BLAGUE : TOC TOC.

QUI C'EST ?

C'EST PAT. C'EST DRÔLE, HEIN ?

NON, C'EST PAS DRÔLE. C'EST MÊME PAS UNE VRAIE BLAGUE.

OUPS, J'AI CRU QUE C'ÉTAIT DRÔLE.

D'ACCORD, J'EN AI UNE BONNE. ALORS C'EST UNE POULE... SUR LA ROUTE... ET PUIS ELLE TRAVERSE... OUPS, JE CROIS QUE JE L'AI RATÉE.

ELLES SONT ÉPOUVANTABLES, CES BLAGUES !

LA LOI
des filles !

par tabitha
cutter et
lisa russel

eh, t'as vu jessica pratt aujourd'hui ?

oui, et elle est maquillée comme un clown.

LOL

LOL

salut tabitha et lisa, je peux m'asseoir avec vous ?

désolée, amanda, mais on peut pas être copines avec celles qui n'ont pas de portable.

et puis, ce serait pas les mêmes boucles d'oreilles qu'hier ?

si, mais...

DOINK

JÉRÔME

l'homme aux
LÈVRES
TROP
ROUGES

PAR GREG HEFFLEY

JÉRÔME EN SALLE DE GYM

EH, QU'EST-CE QUE TU FAIS ICI AVEC DU ROUGE À LÈVRES ?

C'EST PAS DU MAQUILLAGE... J'AI JUSTE LES LÈVRES TRÈS ROUGES !

TU TE FOUS DE MOI, PAUVRE TACHE ?

GULP.

L'INCROYABLE POLICE DES PETS

par Greg Heffley

Eustache le Moche

par Greg Heffley

En fait, je m'appelle Eustache.

Pourquoi pas juste «moche»?

Punaise.

Salut les filles. Quoi de neuf?

Rien, vu que t'es toujours aussi moche.

Ha ha ha!

Allô, maman, est-ce que tu me trouves moche?

Non, mon fils, je te trouve très moche.

Zut.

Mince alors, j'en ai marre d'être laid et je vais changer ça.

Tu devrais peut-être commencer par te mettre de la boue sur la figure.

Ha ha ha!

ACTIONE FAILLETEURS

par Robert

Je vais te donner un coup de poêlon, M. Puncho !

Oh, non !

C'est... parti !

Aaaaaah !

DEMAIN : ATTENTION !

Tu vas tâter de la fureur de mon poêlon, maraud !

Ça craint un max !

Ça va faire mal !

C'est bien mon avis !

DEMAIN : LA DOULEUR !

RÉSUMÉ...

LE CAPITAINE KLOBBER EST SUR LE POINT DE FRAPPER M. PUNCHO SUR LA TÊTE AVEC UN POÊLON.

Ça... y... est... presque...

Nooooonn !

DEMAIN : L'IMPACT !

PLONK

Aïe.

LA SEMAINE PROCHAINE : M. PUNCHO CONTRE-ATTAQUE !

PAT LE DINOSAURE

Gauthier le HARICOT VERT dans
Gautier se présente aux ÉLECTIONS

par Freddy

TOURNE LA PAGE! ⟹

Gauthier le HARICOT VERT dans

LA REVANCHE DE GAUTHIER
par Freddy

Un beau jour, une lettre arrive pour Gauthier...

Qu'est-ce que c'est ?

Cher Gauthier,

Vous avez été choisi pour intégrer l'École des Magiciens et des Sorciers de Verlard !*

*qui n'a rien à voir avec l'École de Magie et de Sorcellerie de Poudlard.

Prenez ça, monstres !

AÏEEEEEEE !

ZAP

Hmmm...

Clebs chéri

Par Eldridge Perro

MON MAÎTRE AURAIT VOULU QUE JE **MARCHE** JUSQU'AU PARC...

MAIS JE CROIS QU'ON POURRAIT DIRE QUE...

ÇA ROULE POUR MOI!

Antik Bureau

Par Bert Salas

VOICI LES COPIES DU RAPPORT QUE VOUS AVEZ DEMANDÉ, PATRON!

MERCI, MAIS POURQUOI VOUS A-T-IL FALLU TROIS SEMAINES POUR FAIRE 100 PHOTOCOPIES?

ATTENDEZ, J'ÉTAIS CENSÉ LE PHOTOCOPIER? J'AI TOUT RECOPIÉ À LA MAIN!

Oh, papy!

Par Beverly Bliss

POUR TE SERVIR DE L'ORDINATEUR, PAPY, TU BOUGES LA SOURIS, COMME ÇA!

SAPERLIPOPETTE! PAS QUESTION QUE JE TOUCHE À CES BESTIOLES POUR ÊTRE « MODERNE »!

OH, PAPY!

Cher journal,
Aujourd'hui, j'ai dépensé tout mon argent de poche pour acheter un cadeau à Greg. C'est mon meilleur ami de tout le monde entier, et j'ai acheté un pendentif puzzle qu'on pourra porter tous les deux pour que ce soit officiel.

En fait, Greg n'aime pas les bijoux, mais je porterai ma moitié quand même.

Greg est peut-être encore fâché contre moi à cause de ce que je lui ai fait samedi, quand j'ai dormi chez lui.

Il m'a surpris dans la salle de bains, en train d'essayer son appareil dentaire, et il m'a crié dessus pendant au moins dix minutes.

Il arrive que Greg s'énerve contre moi et qu'il me traite, mais ça ne me dérange pas trop. Je sais que je suis quand même un garçon affreusement gentil, parce que c'est ce que mon papa et ma maman me répètent toujours.

Cher journal,
Je suis vraiment content que Greg soit
mon meilleur ami, parce qu'il me
donne toujours des tuyaux sur le collège.
Aujourd'hui, par exemple, il m'a dit
que les vestiaires de la salle de gym
étaient mal indiqués.

En fait, cette fois, Greg avait dû mal
comprendre.

On m'a envoyé au bureau du proviseur, et ensuite, je suis allé voir Greg pour lui dire que les panneaux étaient les bons, en fin de compte.

Greg fait souvent ce genre d'erreur. L'année dernière, il m'a dit que le lendemain était une journée pyjama au collège, mais en fait, il s'était trompé.

Heureusement, Greg avait oublié de venir en pyjama au collège, et il n'a pas eu honte devant tout le monde lui aussi.

Parfois, Greg est un peu grincheux, mais je m'arrange toujours pour lui remonter le moral.

Vous comprenez donc pourquoi on est si bons copains, Greg et moi, et pourquoi on restera toujours des

MEILLEURS AMIS

POUR LA VIE

Crée ta propre
COUVERTURE

JOURNAL

d'une

différente

À TOI de jouer

Sers-toi de la fin de ce livre pour tenir un carnet de bord, écrire un roman, une bande dessinée ou raconter ta vie.

Mais, quoi que tu fasses, mets ensuite ce livre en lieu sûr.

Parce qu'une fois que tu seras riche et célèbre, ce truc vaudra une FORTUNE.

À propos de l'auteur
(C'EST-À-DIRE TOI)

Remerciements
(LES GENS QUI T'ONT AIDÉ D'UNE FAÇON
OU D'UNE AUTRE)

Mise en page : Lorette Mayon

Dépôt légal : octobre 2011

Achevé d'imprimer en France par Normandie Roto Impression s.a.s. en septembre 2012.

N° d'imprimeur : 123658.